JOSEPH FUCHS

LA

GRAND'MÈRE

RÉCIT

PRIX : 50 CENTIMES.

PARIS

LE BAILLY, LIBRAIRE-ÉDITEUR

Rue Cardinale, 6, et rue de l'Abbaye, 2,

FAUBOURG-SAINT-GERMAIN.

LA GRAND'MÈRE

RÉCIT

Dit par M. PACRA

JOSEPH FUCHS

LA
GRAND'MÈRE

RÉCIT

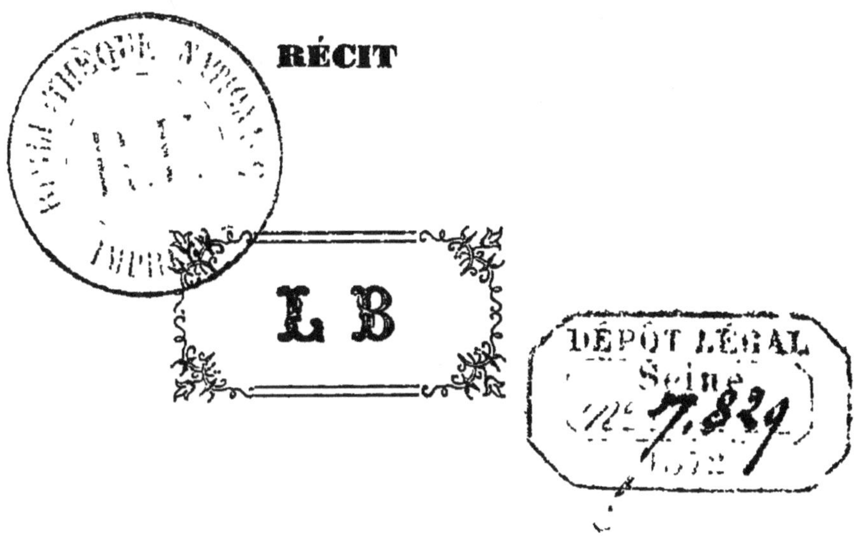

PARIS

LE BAILLY, LIBRAIRE-ÉDITEUR

Rue Cardinale, 6, et rue de l'Abbaye, 2,

FAUBOURG-SAINT-GERMAIN.

Il a été fait pour l'audition du récit :
la Grand'Mère, dans les concerts,
un accompagnement de piano tout
spécial, par M. ROBERT PLANQUETTE,
que MM. les Artistes et Amateurs
trouveront chez le même éditeur.

LA GRAND'MÈRE

Il neigeait... C'était en décembre...
D'un tel temps, que faire? Ma foi!
Entrons à la septième chambre;
On s'y chauffe, on apprend la loi.
Sous vos yeux, passent à la ronde,
Jeunes filous, vieux vagabonds,
Toute la lèpre de ce monde,
Tout ce qui vit dans les bas-fonds.

Mais quelle est cette pauvre femme

A l'air honnête, aux cheveux blancs?

Non ! ce n'est pas un être infâme ;

D'où vient donc qu'elle est sur ces bancs?

S'appuyant aux bras des gendarmes,

Elle pleure. Sa vieille main,

Sur sa joue essuyant deux larmes,

Semble frotter du parchemin.

— Ne pleurez plus, ma bonne mère,

Dit le juge. Ne craignez rien.

Loin d'aggraver votre misère,

Chacun ici vous veut du bien,

Répondez donc avec courage :

Quel est votre nom? — Jeanne Ovans !

— Votre pays? — Nancy ! — Votre âge ?

— Aujourd'hui quatre-vingt-trois ans.

A cet âge être sans asile !

— Brigadier, racontez les faits?

— Mon président, que c'est facile !

Pour lors, la nuit, je voyageais,

Quand j'ai vu la particulière

Dormant sur le bord du chemin.

— Suivez-moi ! que j' lui dis, la mère,

J' vas vous offrir un lit plus sain.

— Eh bien ! qu'avez-vous à répondre?

— Tout est vrai. Je ne dis pas non.

— Sans lui, vous alliez vous morfondre?

— Monsieur le gendarme est trop bon ;

Le froid m'eût surprise sans doute,

Mais je n'ai pas peur de mourir.

Je suis au terme de la route,

Il pouvait me laisser dormir.

— Eh quoi ! vous n'avez donc personne ?

Pas un ami, pas un parent?

— Je suis seule. Au dernier automne,

J'ai perdu mon dernier enfant.

— C'est fâcheux pour vous, pauvre femme !

Mais la loi n'entend pas raison.

En attendant qu'on vous réclame,

Il faut retourner en prison.

— En prison ! Merci ! mon bon juge,

L'hiver, au moins, l'on a du feu.

Enfin ! j'aurai donc un refuge.

Pour vous je prierai le bon Dieu.

Tout est dit. Déjà les gendarmes

Vont l'emmener, lorsque soudain

S'avance une ouvrière en larmes,

Tenant deux enfants par la main.

— Arrêtez! Quoi! c'est vous, grand'mère?

Qu'avez-vous fait depuis huit jours?

Pour vous chercher, mon pauvre Pierre

A couru tous les alentours.

De vous il est encore en quête,

Venez! Il nous attend en bas...

Tristement secouant la tête,

La vieille ne répondit pas.

— Vous mentiez donc, ma bonne mère,

Dit le juge, quand, à l'instant,

Vous vous disiez seule sur terre,

Sans un ami, sans un parent?

Peut-être avez-vous à vous plaindre?

— Oh! non! pour moi l'on est trop bon.

— Puisque vous n'avez rien à craindre,

Allez! — J'aime mieux la prison.

— Ah çà ! que vient-on de me dire?

Dit Pierre, en entrant bruyamment.

Voyons ! vous avez voulu rire

Et vous amuser un moment?

Eh quoi! vous vous taisez, grand'mère?

Mais, pour quitter une maison

Où tout le monde vous révère,

Encor faut-il une raison?

Parlez ! Voyons ! Au moins qu'on sache

Le motif qui vous fait agir?

La prison ! mais c'est une tache

Dont nous aurons tous à rougir !

Quoi! pas un mot? C'est impossible!

Voyez nos regrets, nos douleurs...

Ah ! votre cœur reste insensible

Devant ces enfants tout en pleurs !

Et le digne homme, avec instance,

De la vieille pressant les mains,

Pour abattre sa résistance,

Trouvait des accents surhumains...

Mais elle, la pauvre grand'mère,

Le regard fixe à l'horizon,

Murmurait, d'une voix amère,

Ce mot : La prison... la prison...

— Puisque votre cœur est de pierre,

Sans vous nous quitterons ces lieux.

Allons ! mes enfants, reprit Pierre,

Voici le moment des adieux !

Et, sans consulter la justice,

Prenant ses fils dans ses deux mains,

Sur ce banc flétri par le vice,

Il dépose les chérubins.

Ah ! ce fut un spectacle étrange
Lorsque l'on vit chaque bambin
Encadrant de sa tête d'ange
Cette tête au noir parchemin.
— Maman, c'est bien mal, à ton âge,
De quitter ainsi la maison...
— Monsieur, grand'mère sera sage,
Ne la mettez pas en prison.

Et c'étaient des cris, des caresses
A toucher le cœur d'un bourreau.
Le juge, un homme sans faiblesses,
Pleurait tout bas sur son bureau !!
— Nom d'un nom ! disait le gendarme,
Que je me sens comme un frisson !
Bah ! tant pis ! j'y vas de ma larme.
Bien parlé ! mon petit garçon !

C'en était trop ! La pauvre femme,

Un moment, en vain, se roidit :

Bientôt le granit de son âme

Sous ces doux baisers se fendit.

Elle étreint, folle de tendresses,

Ces deux anges qu'elle aime tant,

Et les dévorant de caresses,

Leur dit, tout bas, en sanglotant :

— Si vous saviez ! Était-ce bête !

Pardonnez-lui, mes bons chéris,

Grand'maman s'était mis en tête

D'abandonner ses chers petits...

Elle a cru pouvoir faire taire

Son vieux cœur usé par le temps,

Comme si l'amour d'une mère

Cessait jamais d'avoir vingt ans...

J'ai bien pleuré, je vous assure,

Pour me décider ; mais, hélas !

Pour gagner notre nourriture,

Mon Pierre n'a que ses deux bras...

En comptant le tout petit frère

Et le bébé qui va venir,

Vous serez quatre... Allons ! grand'mère,

Me suis-je dit, il faut partir.

— Voilà ce grand secret ! dit Pierre ;

Un bébé ! que diable ! après tout,

Les enfants, moi, c'est mon affaire !

J'en veux encore, j'en veux beaucoup !

Un enfant ! c'est notre richesse !

C'est notre espoir du lendemain !

C'est comme un bâton de vieillesse

Que l'on plante sur son chemin !

Mais voyez donc ces mines roses,

Ces blonds cheveux, ces yeux brillants ;

On dirait deux bouquets de roses

Placés près de vos cheveux blancs...

Allez ! allez ! ma bonne mère,

Confiance ! tout marchera ;

Dieu nous le dit ; en lui j'espère :

Aide-toi, le ciel t'aidera !

La bonne vieille n'est pas morte

Bien qu'elle ait quatre-vingt-dix ans,

C'est allègrement qu'elle porte

Le dernier de ses dix enfants.

A force de courage, Pierre

A vu l'aisance en sa maison,

Et depuis ce temps, la grand'mère

N'a jamais parlé de prison.

Clichy. — Imp. Paul Dupont et Cie, rue du Bac-d'Asnières, 12.

Clichy. — Imp. Paul Dupont et Cie., rue du Bac-d'Asnières, 12.